Anton Reymond

Ein Geburtstag

Drama in einem Akt

Anton Reymond

Ein Geburtstag
Drama in einem Akt

ISBN/EAN: 9783743312067

Hergestellt in Europa, USA, Kanada, Australien, Japan

Cover: Foto ©Andreas Hilbeck / pixelio.de

Manufactured and distributed by brebook publishing software (www.brebook.com)

Anton Reymond

Ein Geburtstag

Ein Geburtstag.

Drama in einem Act

von

Anton Reymond.

Leipzig, 1899.
August Schulze's literarische Anstalt

Den Bühnen gegenüber als Manuscript gedruckt.

Alle Rechte vorbehalten.

Druck von J. L. Bondi & Sohn, Wien.

Personen:

Jeanette Willart.
Hedwig, ihre Tochter.
Frieda, deren Freundin.
Anton Gerard, Schriftsteller.

(Einfaches, bürgerliches Zimmer; hin und wieder ein Möbel=
stück, das noch aus „besserer" Zeit geblieben; Alles mit Fleiß
und Sorgfalt nett und freundlich erhalten — im Hintergrund
eine Thür, links ein Fenster, weiter nach vorne eine Thür,
die in's Schlafzimmer führt, rechts eine Credenz, in der Mitte
ein Tisch, auf dem die Frühstückstassen, ein halber Kuchen,
ein kleinerer Blumenstrauß 2c. 2c. stehen; vorne rechts ein
zweites Fenster — etwas weiter davon entfernt ein kleineres
Tischchen mit Zeitungen, Büchern, einem Arbeitskörbchen 2c.,
daneben ein Sopha, an der rückwärtigen Wand ein Kasten,
darüber ein Spiegel — an der linken Seitenwand ein
Kleiderkasten.)

(Rechts und links vom Schauspieler.)

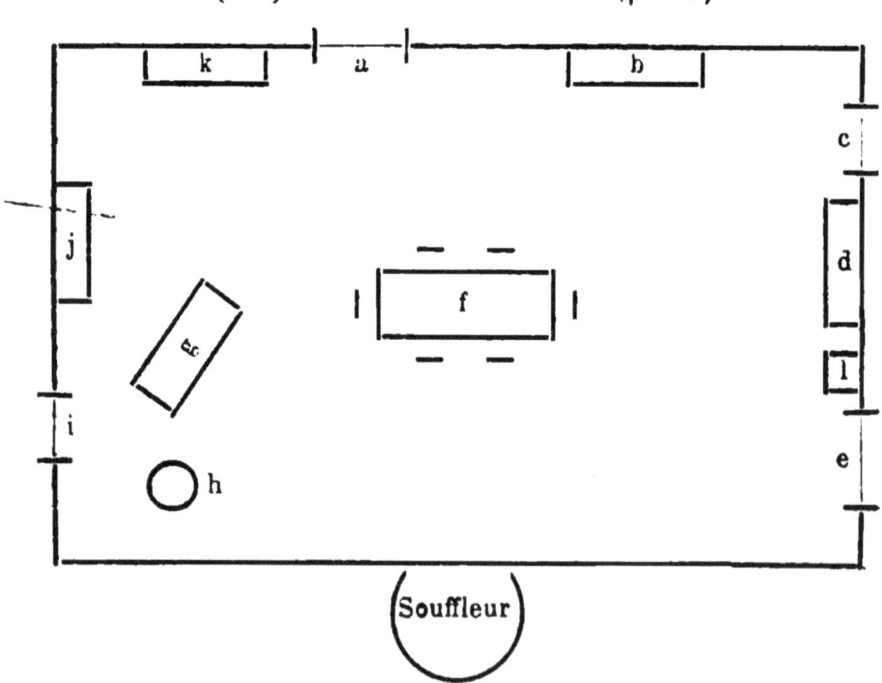

a Thüre in's Vorzimmer, b Kasten, c Fenster in den Kurpark,
d Kleiderkasten, e Thüre in's Schlafzimmer, f Eßtisch, g Sopha,
h ein kleineres Tischchen, i Fenster, j Credenz, k Divan, l Kamin.

Jeanette Willart, 41 Jahre alt, vornehme, distinguirte, sehr schöne Frau, weiche, unendlich sympathische Gesichtszüge, dunkles Haar, das an den Schläfen stark ergraut — auf dem Gesichte liegt es wie tiefes, stilles Leid. Einfach gekleidet.

Hedwig, ein süßer, herziger „Backfisch" mit nußbraunen Zöpfen und glückselig leuchtenden Augen. 15 Jahre alt — hell gekleidet.

Frieda, ein „frisches" Mädchen, doch weit entfernt von den „gewissen" aufbringlichen Manieren — es ist festzuhalten, daß es ein unverdorbenes Mädchen ist und diese „burschikosen" Manieren nur ein gewisses „Renomiren" sind. 16 Jahre alt.

Anton Gerard, 34 Jahre alt, elegante, sehnige Gestalt, schwachen dunklen Vollbart, die blassen, schönen Gesichtszüge etwas abgelebt — eine gewiße Müdigkeit im Ausdruck und Gehaben, die nur in aufwallenden Momenten schwindet und einer Leidenschaft weicht, die dann Alles mit sich fortreißt.

Zeit: Gegenwart.

Ort der Handlung: Baden bei Wien.

Erste Scene.

Hedwig (sitzt noch seelenvergnügt beim Frühstück.)

Frieda (zur Thüre herein.)

'Morgen! Du bist noch gar nicht angekleidet? Du kommst doch zur Schule?

Hedwig.

Nein, heute ist Feiertag; heute kann diese „höhere Töchterschule" die Thore sperren.

Frieda.

„Feiertag!?" Sehr gut; das muß ein ganz besonderer Heiliger sein, der in Deinem Kalender steht. — — — Eigentlich hast Du recht! Wir sollten doch längst nimmer auf der Schulbank sitzen; ich habe diese „Geschichte" satt; früh auf und spät in's Bett. — Daheim das „Büffeln" und tagsüber die Schule; gäb's nicht zuweilen einen Schabernack, der sich noch anließe, dieses Leben wäre wirklich zum Verzweifeln. Ich bin nur begierig, was es nächsten Fasching werden soll —

Hedwig (lachend.)

Wie so?

Frieda.
Die Herren aus dem Club wollen mich in's Vergnügungs-Comité.
Hedwig.
Da bleibt Dir ja keine Zeit für die Schule.
Frieda (wichtig.)
Ja, da heißt's dann: Schule oder Club.
Hedwig (lächelnd.)
Wahrscheinlich „Schule!" — Und wird es Dein Papa erlauben?
Frieda (überlegen — dabei aber „lieb".)
Hm! Papa!? (macht das Zeichen, als ob sie ihn über'n Daumen wickeln könnte.)
Hedwig (lacht.)
Und Mama —
Frieda.
Nun, wenn all' die Herren sie bestürmen, kann sie doch nicht „nein" sagen.
Hedwig.
Das allerdings.
Frieda.
Was hast Du denn so sorgfältig in dem Papier versteckt? — und hier die Stickerei — ah! Die kommt auch d'ran. (Hustet bedeutungsvoll.) Wahrscheinlich auf den Altar dieses „Heiligen" — (lächelnd) ob ich wohl weiß, für wen dieses Geburtstagsgeschenk bestimmt!?
Hedwig.
Wer hat Dir von einem Geburtstag erzählt?
Frieda.
Hm! Ich weiß eben — wenn nicht Dein glückseliges Lächeln Dich verrathen möchte —

Hedwig.
Ich lache, weil Du sicher fehlgeschossen.

Frieda (zuckt mit den Achseln, setzt sich vorne in einen Fauteuil, dreht sich eine Cigarette.)
(Mit komischem Pathos.)
Und dieser „Heilige" hat schwarzes Haar und bleiche Wangen, — dunkle Augen, die wie glüh'nde Kohlen flammen, und wenn er spricht — hu! der schwermüthig, dämonisch bezaubernde Blick —

Hedwig (verlegen.)
Frieda, Du bist ein Dummkopf!

Frieda (singt.)
„Die düst're Mien', das bleiche Gesicht — der fliegende Holländer!" — den eine treue Seele erlösen muß.

Hedwig (das Blut treibt's ihr die Wangen hinauf.)
Was Du heute für Unsinn sprichst —

Frieda (zündet sich die Cigarette an.)

Hedwig.
Nicht rauchen, wenn Mama käme —

Frieda.
Wir sind doch Studenten —

Hedwig.
Mama meint, wir sind Mädchen —

Frieda.
Wenn Deine Mama nicht ein so herziger Engel wäre, die könnte mich auch öfter langweilen. — Also weg damit. (Wirft die Cigarette in den Kamin — zum Fenster gehend.) Ah! wie prächtig heute der Morgen ist! — Du hast's doch sehr bequem! — Hier, vor dem Fenster der Kurpark, die ganze Promenade zu Deinen Füßen und die Musik obendrein — Ah! Militär; komm' doch schauen!

Ich habe mich früher nie dabei ausgekannt mit all' den Chargen — erst seit neuerer Zeit — ich verstehe gar nicht, wie Du in der Wohnung dazu kommst, etwas zu studiren.

Hedwig.

Als ob das Alles so besonderes Interesse gäbe — die Musik ja; an warmen Sommerabenden, wenn die Dämm'rung sich um Wald und Hügel legt.

Frieda (leicht spöttelnd.)

Und die Träume das romantische Köpfchen umspinnen —

Hedwig (abwehrend.)

Ah!

Frieda.

Doch nun laß' all' Deine Geschenke ansehen — — und das gehört Alles für Herrn Gerard?

Hedwig.

Wie, Du weißt —

Frieda (lachend.)

Ach! Du süßer, kleiner Narr! Erzählst Du doch morgens und abends und in und außer der Schule nichts anderes —

Hedwig (verlegen.)

Frieda!

Frieda (überlegen.)

Lächerlich! Wir sind doch in den Jahren! Leider, daß ich so gar nichts zu erzählen habe!

Zweite Scene.

(Frau Willart tritt ein.)

Willart.

Ah, Frieda kam Dich zur Schule abzuholen — Guten Morgen! Nicht wahr, heute werden Sie Hedwig entschuldigen.

Frieda.
Gewiß, gnädige Frau.
Hedwig.
Ja, sag', ich habe Kopfweh.
Willart (zu Frieda.)
Wollen Sie nicht ein Stück Kuchen? (Geht zum Tisch, um ein Stück abzuschneiden).
Frieda (zu Hedwig.)
Ach! Wie gut Du's hast!! Die ganze Luft athmet Festtagsstimmung —
Willart.
Frieda, wollen Sie sich nicht nehmen?
Frieda (ablehnend.)
Ich küß' die Hand.
Willart (lächelnd.)
Oder etwas Liqueur?
Frieda.
Bitte! — Auf Ihr Wohl, gnädige Frau! (Zu Hedwig — halblaut.) Prosit! Der Geburtstag!
Hedwig.
Du bist unausstehlich!
Frieda.
Doch jetzt muß ich laufen — beinahe das „akademische Viertel" vorüber — ich küß' die Hand, gnädige Frau — (zu Hedwig) Servus!
Willart.
Adieu, Frieda!
(Frieda ab — Hedwig geht mit hinaus.)

Dritte Scene.
(Frau Willart allein.)
Willart.

Eine Stunde über die Frühstückszeit! (Macht sich im Zimmer zu schaffen, dann ein kleines Bouquet Gebirgsblumen, die auf der Credenz stehen, nehmend.) Fast fürchte ich, ihr werdet heute auch vergeblich warten — — Wie schwer sich der Anfang des Alltagslebens findet, wenn man einmal eines Tages so etwas „Besonderes" sich verhofft! (Bitter lachend.) Und dazu wird der Mensch so alt, um sich dies immer wieder auf's Neue sagen zu müssen — — Und warum noch dieses Hoffen, dieses Bangen — und mehr und mehr seit den zwei Wochen, als er wieder hier ist. — — — O, Frauenherz! — „Räthsel?!" oder „Charakterschwäche!?" Als vor Jahren dieses Leben mehr und mehr den Halt verlor und ich dem Tage fluchte, der uns zusammengeführt, als ich mich mit Abscheu von ihm gewendet und aufgeathmet, als er vor Jahresfrist nach der Hauptstadt zog, da fühlte ich die letzte Herzensfaser, die uns noch zusammenhielt, zerrissen — — hm! und nun bange ich ob des Augenblicks, der mir sagen könnte, daß ich vergeblich heute gewartet — ich sehne mich nach den früheren Tagen mit all' ihrem Glück und Streit und Weh' — — (Sinnend.) „Räthsel?!" — Nein! — „Charakterschwäche!" Da ja 's Herz mit seinen wilden, heißen Wogen immer wieder den Kopf meistert — der „vernünftige" Kopf sagt zwar: „nein, nein!" — Ach, welch' arme Teufel sind wir doch Alle, die wir ein „Herz" auf diese Lebensreise mitbekommen!

Vierte Scene.
(Gerard tritt ein.)
Willart
(mit einem plötzlich freudigem Aufleuchten in dem Gesichte.)

Ah! Du kommst doch! (Plötzlich aber an sich haltend, als sie seinen Gesichtsausdruck sieht, — beklommen.) Wir haben

Dich nicht mehr erwartet und nahmen das Frühstück allein
— (Bitter lächelnd.) Die alte Gewohnheit — wir wollten's
auch heuer nicht anders halten, wie allzeit an diesem Tage.

Gerard (etwas auffahrend.)
Ich konnte doch nicht früher.

Willart.
Es war ja kein Vorwurf — ich meinte nur wegen heute —

Gerard (ruhiger.)
Was soll's —

Willart (schmerzlich lächelnd.)
Du hast auf Deinen Geburtstag vergessen.

Gerard.
Ah! Laßt doch diese Dummheiten —

Willart.
Wir haben uns so gefreut — und Du hast den Tag ganz vergessen — — — Du blickst so verdrießlich — — wir armen Narren dachten, kleine Freuden könnten Dir auf Augenblicke wenigstens die Sorgen vergessen machen.

Gerard
(unwillig sich abwendend und in einem Buche blätternd.)

Willart.
Verdirb' doch dem Kinde nicht seine Freude, das wochenlang weder Aug', noch Hand geschont — (wie in erzwungenem Scherz) und das gute Frühstück — (macht sich damit zu schaffen) darf ich Dir noch etwas anbieten?

Gerard.
Bitte laß' doch, wenn ich nicht weiß, wo mir der Kopf steht.

Willart (weich, wie mit verhaltenem Leid.)
Kamst Du, um uns weh zu thun?

Gerard (heftig.)

Nein! Nein! (sich umwendend und Frau Willart ansehend — weich.) Nein! — Du weißt, ich mag diese Gedenktage nimmer — (setzt sich langsam in einen Fauteuil und blättert gedankenverloren in einem Buche, das er vom Tische nimmt — nach einer kurzen Pause) Wo ist Hedwig?

Willart.

Wahrscheinlich drüben im Clavierzimmer.

Gerard.

Sie ging nicht zur Schule?

Willart.

Sie wollte an dem heutigen Tage daheim bleiben. —

Gerard.

Hm!

Willart.

Durch 10 Jahre her ist 's ihr zur lieben Gewohnheit geworden.

Gerard (wie für sich hinsprechend.)

Damals war sie kaum 5 Jahre alt.

Willard
(die Hände an die Brust pressend, als ob sie sich erst Beruhigung erkämpfen müßte — dann nimmt sie die Blumen von der Credenz — einlenkend.)

Ich wollte Dir die ersten Hochlandsgrüße zu Deinem Geburtstage bringen, Enzian und Alpenrosen. (Gibt ihm das kleine Bouquet.)

Gerard (verlegen entgegenkommend.)

O — —

Willart.

Es sind Deine Lieblingsblumen.

Gerard (nimmt die Blumen — verlegen nach Worten suchend.)

Warum denn —

Willart.

Zu wünschen habe ich verlernt, und es zittern die Lippen, die einen Wunsch sprechen sollen. (Lächelnd unter Thränen, doch ruhig.) Du weißt, das Beste, was ich gewünscht, hat keinen Segen gebracht.

Gerard (leise die Blumen an die Lippen führend.)

Willart.

Und was Du hier findest, diese kleine Gabe, ist eine Arbeit, so gut es eben mein müdes Auge noch vermocht — ein seltsames Motiv, was ich mir da ausgesonnen; an einem grünen Strauche entblätterte und halbwelke Rosen, als ob der Sturmwind die Tage her an dem Strauche gerüttelt — d'rüber jagen düst're Wolken hin — Du verstehst mich ja! — Daß ich hier in der Ecke einen kleinen Fehler übersehen, das verzeihe — die Hände sind an so zarte Arbeit nicht mehr gewöhnt.

Gerard

(nimmt sein Notizbuch, legt langsam die Blumen hinein, — weich.)

Warum mühst Du Dich so? — Uns hat das Leben so arg mitgespielt, daß uns heute all' die kleinen Freuden versagt sind — darüber können keine Augenblicke mehr täuschen, und wenn Du täglich, stündlich mit dem Leben ringst, dann ist es schlimm, wenn wir uns mühen, uns auf Stunden einzuschläfern; man zürnt und haßt den Augenblick, der uns täuschte —

Willart.

Und doch sind es nur diese Augenblicke, die uns das Leben ertragen helfen —

Gerard.

Nein! Laß' die Worte, täusche Dich nicht d'rüber hinweg. — Es kommt mir vor, als ob Ein's zu einem Schwerkranken käm', der in Schmutz und Elend liegt und sich nimmer rühren kann und dem armen Teufel nun süß klingende Worte vorspricht, auf's Kissen blühende Rosen legt — paar hilfbereite Arme, die würden besser nützen —

Willart (mit sanftem Vorwurf.)

Und hab' ich's versäumt?

Gerard (gereizt.)

Ah! Du willst mich erinnern

Willart (sich bekämpfend, — ruhig.)

Ich will gar nichts; ich will mich nur wehren gegen die häßlichen Worte —

(Kurze Pause)

(einlenkend.) So begegnest Du mir, nachdem wir uns seit schrecklich langer Zeit keine halbe Stunde allein gesprochen — die zwei Wochen, die Du wieder hier bist, kaum ein rechtschaffener Gruß — — — — — (ihn tief und schmerzlich ansehend) wie Du früher immer den holden Zufall gefunden, der uns selbst uns gab (wie mit Anstrengung sich beherrschend) so scheinst Du 's längst vergessen zu haben — —

Gerard

(unruhig, als ob er etwas von sich schütteln wollte, doch sich bemeisternd.)

Willart (fortfahrend.)

Ich habe so viel auf dem Herzen, das ich Dir sagen möchte — aber ich fürchte, die rechten Worte nicht zu finden.

Gerard (wie ängstlich sich wehrend.)

Nein, nein, sprich nicht weiter — (ruhiger, tonlos) es gibt Dinge, die häßlich werden, wenn man sie beim Namen nennt — unberührt, wie im Schlummer laß' sie ruhen —

Willart.

Doch unwillkürlich drängt sich's auf die Lippen an solchen Tagen, die uns von den Eltern her noch als „be=

sondere" Tage gelten, die wir aus der Kinderzeit als
frohe Erinnerungen mit herüber genommen — in diesen
Stunden, die so ganz nur dem inn'ren Menschen gehören
wollen —

Gerard (erregt.)

Sprich nicht weiter, Du weißt doch, wie's mit uns steht —

Willart (ausbrechend.)

Hm! „Wie's mit uns steht!" Jetzt — ja! Jetzt
wohl mit uns steht! Doch früher, als dieses Weib noch
blühte, als es noch etwas zu vergeben hatte, das des
Reizes werth schien —

Gerard.

Mache mich nicht verantwortlich für Verhältnisse,
die —

Willart.

Diese Verhältnisse waren nichts als Dein Leichtsinn.

Gerard (auffahrend.)

Jeanette!

Willart.

Ah! Hab' doch den Muth, Dir 's selbst einmal zu
sagen. Du flohst mich und meintest, es besser zu finden —
aber Du konntest Dir selbst nicht entfliehen und kamst nur
tiefer in Schmutz und Verderben — — (In furchtbarer
Erregung — — — — — — ruhiger, schmerzbewegt.)
Es schaudert mich, wenn ich Dich heute sehe, vergeblich
nach dem einst so guten·Menschen rufe — und rufe und
rufe und ihn nicht mehr finden kann.

Gerard.

Nein! Du unseliges Weib! Weil ich meiner selbst
vergaß, weil ich die Welt, alle Schranken übersah und nur
für Euch, für Dich gelebt und die Jahre hingeworfen —
weil ich über Euch die Pflichten gegen mich selbst vergaß,
deshalb steh' ich heute haltlos da. Nun ist die Bestie in

mir erwacht, was gut noch in mir war, längst verloren, und das ist Dein Werk.

Willart (in wilder Exaltation.)

Mein Werk? — — (Nach kurzer Pause, in der sich Beider Blicke gemessen — mit gräßlicher Ruhe, in der es aber wie fürchterliche Drohung liegt.) Hüte Dich!

Gerard

(wie herausfordernd dem Weibe noch entgegenstehend — dann wendet sich Frau Willart langsam ab, — — eine unheimliche Pause, dann Gerard für sich hinsprechend.)

Wohl irrt' ich ab von meinem Weg — (tonlos, wie nachsinnend in sich hineinsprechend) und Derjenige, der von seinem Geleise abirrt, der muß verkommen — — und über die es nicht kommt, die waren wohl früher nicht auf ihrem Weg — — — dann führt kein Schritt mehr zurück.

Willart (verbittert.)

Und dann wälzt man die Verantwortung auf die Nächststehenden, wenn man zu feige ist, die Folgen auch zu tragen —

Gerard

(wie aus seinen Gedanken auffahrend und Willart starr ansehend — dann langsam, doch mit Nachdruck.)

Nein! — Aber unser Schicksal bestimmen wir nicht allein —

Willart.

(schmerzlich bitter — langsam wie im Nachsinnen.)

Freilich! Nicht allein!

Gerard.

Hm! Ich damals ein verrückter Junge mit meinen 23 Jahren und einem Herzen, das eine Welt voll Leidenschaft durchglühte —

Willart

(anfangs halblaut, eintönig — gleichsam wie in sich hinein=
sprechend.)

Und ich ein Weib, dem von Kindheit an nur Er=
gebenheit geprebigt, und das mit diesen freundlichen, dank=
baren Gefühlen Frau geworden, die sorgenlos an der
Seite eines allverehrten Mannes die Jahre in dämm'riger
Gleichmäßigkeit fortlebte, und der die Ahnung, daß noch
andere Rechte uns das Dasein gäbe, die Blutwelle in's
Antlitz trieb — — — Er starb — (jetzt mehr und mehr
aus sich heraussprechend) und dann kam das eine Jahr, wo
ich mutterseelenallein dastand, freundlos, rathlos — dem
Kinde sollte ich Erzieherin sein und war während meines
ganzen Lebens selbst noch nicht über die „Kinderzeit"
hinausgekommen — und da kamst Du — unsere verwandt=
schaftlichen Bande hatten uns ja früher schon zusammen=
gebracht — — — — (aufseufzend.) Da kamst Du, zu
meinem Glück und zu meinem Unglück. Als ob die Seele
jetzt erst zu athmen begonnen, so kam's wie neues Leben
über mich — selbst noch jung, voll unbestimmter Sehn=
suchtsqual, übersah ich, fühlte ich nicht die Kluft, die, erst
noch unsichtbar, mich von Dir, dem jüngeren Manne trennte;
ich vergaß, daß ich, eine Frau, Dir nicht bieten kann, nach
dem Du doch einmal begehren mußtest — — — — (auf=
schluchzend.) O, ich war ja so glückselig! — — —

Gerard

(der stumm, wie in sich verloren, am Tische sitzt, trinkt ab
und zu wie gedankenlos aus dem vor ihm stehenden Weinglase.)

(Pause.)

Willart (mit traurig, mild resignirtem Ausdruck.)

Heute sind wir weit von einander — Hm! Im Glück,
ja, da standen wir fest beisammen und gelobten uns, daß
wir uns um so enger zusammenhalten wollen, wenn ein=
mal das Unglück hereinbricht — — — und wie wir im

kindischen Uebermuth uns sehnten nach dieser Prüfungs=
stunde, nach den dunklen, düsteren Tagen, die uns nicht
erschüttern sollen — ha, ha, ha! Keine drei Jahre sind's,
daß Elend, Kummer, all' die bittern Alltagssorgen kamen
(sich wieder in die Erregung hineinsprechend) — das zweite
Jahr war noch nicht um, und Du suchtest schon das Weite
— ich hätte Dich auch jetzt nicht gerufen —

Gerard (ironisch.)

O diese Güte! — Diese Güte, die Einem in's Herz
'nein frißt und die letzte Herzensfalte noch vergiftet — —
ein läppischer Junge damals, erst blind im sel'gen Taumel,
dann später durch all' die Qualen und Deine Eifersüchteleien
gereizt, verbittert — zuletzt abgestumpft und blöde — ein
Zerrbild eines Menschen! Das hast Du aus mir gemacht.

Willart.

Ich? — Ich? — Ein Weib?! — Und Du hast
Dich bisher zu den Männern gezählt!?

Gerard.

Nein! Nein! — Verwirrt, verbittert, herz= und halt=
los — so steh' ich da, jammernd um die verlor'nen Jahre,
die ja ohnedies eine Schandkreatur aus mir gemacht —
ein verlor'ner Mensch heute, jedes bessern Funkens baar.

(Für sich.) O, daß ich weinen könnte, noch einmal weinen
wie ein ehrlicher Junge!

Willart (schwer und wild kämpft es in ihrer Brust.)

Und das — das bist Du durch mich geworden!?
(Unter Thränen, in gräßlichem Schmerz auflachend.) O — O —
es ist zu viel — zu viel! (Sich auf das Sopha, das vorne
steht, werfend, das Gesicht in die Hände pressend — — —
kurze Pause.) Und meine „Sünde"!? Der Glaube, der
heiligste Glaube an Menschlichkeit, der heilige Glaube an
Gott, daß er im Menschen nur sein Ebenbild erschaffen.
Das war meine Sünde!

Gerard

(sich nervös erhebend, als wollt' er gehen, dann zum Fenster tretend.)

Willart.

Nein! Nein! Fürchte nichts — ich werde nicht länger noch sprechen — könnt' ich 's von der Seele mir wegsprechen, dann müßteſt Du ſo barmherzig ſein und mich weiter hören — doch ſo — ich fühl's ja ſelbſt — es iſt nur ein ſchmerzliches Zerren und Wühlen im eigenen Fleiſch — mein Weg ſoll nicht länger den Deinen kreuzen — und wie ich's anfange, das mache ich mit mir allein ab. (Bleibt ſtarr vor ſich hinſehend ſitzen, die Hände ſchwer in dem Schooß, gleichſam wie für ſich die erſten Worte ſprechend.) Nun wären wir ja dahin gekommen, was die „guten" Freunde längſt prophezeit — — — O, Du weißt nicht, wie ich Dir Dank gewußt, wenn Du mich vor dieſem Hohn bewahrt hätteſt; wie eine Magd hätt' ich Dir dienen wollen — — (tonlos, müde.) Daß ſich Dein Herz längſt von mir gewendet, darüber war ich mir ja lange ſchon klar — Du kamſt — und kommſt auch heute noch — vielleicht aus Gewohnheit — ich weiß es nicht. (Pauſe.) Ah! — ich bin müde! — tottmüde! — — — — — — Du magſt's verwinden; ich bin d'rüber eine alte Frau geworden — das Weib, das einſt ſein ganzes Sein Dir gebracht, das arme Weib, deſſen Neigung im Unglück dann zur Raſerei erglühte, dieſes Weib iſt Dir ſeit langer Zeit zur Laſt —

Gerard.

Jeanette! Ich beſchwöre Dich — nicht weiter — es raſ't in meinem Kopf —

Willart.

Fürchte nichts — — — (aufstehend — dann mit unsäglichem Schmerzausbruch.) Nur das Eine, einzig Eine hätteft mir erfparen follen — (wie nach Worten ringend.) Der größte Schmerz, der ein Weib treffen kann, ift, fich fagen zu müffen, daß es fich in dem Wefen, das es zum Gott in feiner Bruft erhob, getäufcht — daß diefes Wefen, das es geliebt, verehrt, angebetet — für das es fraglos die ganze Welt hingegeben, daß diefes Wefen (wie nach dem Ausdruck ringend) ein Ekel ihm geworden — — (hält wie erfchöpft inne.)

Gerard

(in nervöfer Erregung im Zimmer auf- und abgehend, dann wieder ftehen bleibend.)

Willart.

In fpäteren Jahren, als unfere Leidenfchaft fich längft gefühlt und mir's oft, wenn ich Dich anfah, wie Schuppen von den Augen fiel, ich fchnell dann nach der Binde hafchte, ängftlich, bangend — nur daß mein Auge nicht fehen kann, nicht darf, was es doch fehen mußte, da bat ich oft mit heißen Thränen — „Herrgott! im Himmel! — dies Letzte, Schreckliche laße mir erfpart! — wenn ich auch alle Schuld tragen muß — mit keinem Athemzuge will ich mich beklagen — nur daß ich das Eine nicht erleben muß, das Wefen, das ich Dir, Barmherziger, gleich geftellt, in Koth herabgezerrt zu fehen" — fo betete ich die Tage und fo die Nächte, und der Morgen fand mich wach unter Thränen — — und nun ift's gekommen — auch dies Eine, Letzte blieb nicht aus — — — (in Thränen ausbrechend.) O, wenn Du nur das Eine mir erfpart hätteft — — ha, ha, ha! — Ein — ein — ich kann den Ausdruck nicht finden — fagen — — — ein Abfcheu — ein Ekel mir, den ich als Gott im Herzen trug — — — ha, ha, ha! (Ab.)

Fünfte Scene.

Gerard
(allein — an's Fenster gelehnt, dann erregt im Zimmer herum=
gehend — wirft sich in einen Fauteuil.)
Ah! Betäubung! Betäubung! Daß die wildge=
peitschten Sinne schweigen! — Daß ich all' diesen schreck=
lichen Gedanken entrinnen könnte, die mit so erbarmungs=
loser Gewalt in Herz und Hirn mir bohren! — — —
— — — — — — — — — — — — — — — — —
Nur einen Augenblick des Allvergessens! daß ich noch ein=
mal aufathme — — — — — Hätt' ich's geahnt, wie
sich die späteren Jahre rächen — wild empört schreit mein
Innerstes auf — vernichten möchte ich dieses Weib, an
dem meine Seele aber noch immer mit tausend und tausend
Fasern hängt — — — und doch fühle ich, wie sich's
da drinnen verhärtet, so Zoll für Zoll, so Stück für Stück
— als ob Steinspitzen, Felsenriffe in dem Herzen wachsen
möchten — — und wie 's dann zuckt, wie es schlägt, wie
sich's zusammenzieht, es immer wieder sich schmerzlich an
den harten Stellen ritzt — — (für sich, wie frühere Ge=
danken wiederholend, tonlos.) Mit den Alltagssorgen hat's
begonnen — dann kam Zwist — erst heimliches Schuld=
suchen, jedes in des Andern Brust — ab und zu Vor=
würfe, häßliche Worte, Selbstvorwürfe — Streit — —
die alte Geschichte! Auf ausgetrocknetem Boden gibt's
Steine, aber keine Blumen — 's Unkraut nur schießt in
die Höh'. — — — (in wild ausgelassenen Ton, wie toll.)
Ah! die Jahre sind verpfuscht, das Herz hat den Einsatz
„verhaut" — nun soll es weiter tollen, wie es auch weiter
kommt — doch fort, fort aus dem Hause wieder — der
Boden brennt — — nichts sehen, nichts wissen mehr und
frei — frei — — Ah! (den Kopf in die Hände preßend.)
Pause.
)Wie in sich hineingesprochen.) Wie ein Fluch, ein unbekannter,
ewig ungelöster, liegt es auf mir, und keine Macht, wie ich's

immer auch versucht, es kann Nichts dieses unverstandene „Etwas" in mir lösen, dieses Unbekannte, das mit Abscheu von dem Schlamm sich wendet und doch wie toll mich wieder dahin treibt — — Ein unheimlicher Gast dünk' ich jedem, wenn er mich erkannt, obgleich er erst mit offenen Armen mich begrüßt — ein scheuer Gast, der Unheil bringt, so sehr er sich auch müht, das Schlimmste allüberall abzuwenden — — — ein Dämon ist 's, der in mir wohnt und der nur einen Weg zu gehen weiß, vom tollsten Rausch in's scheußlichste Verderben — — — (wie im Nachsinnen.) Wie hab' ich dieses Weib geliebt, bis zur Raserei geliebt — und wie verändert haben mich die Jahre! — Hier diese engbegrenzten Räume mit ihrer Alltäglichkeit, indeß das Herz in all' seinen Fibern noch vom Genuß und Sinnenrausch nachzittert — hier diese Ruhe, die mir nimmer genügt, der ehrliche Friede, der mich langweilig dünkt, die ruhigen, höchstens vom Schmerze zuckenden Lippen, indeß vor meinen Sinnen wollusttrunk'ne Frauen gaukeln — — — — dann wieder Ueberdruß, Ekel, der mich gegen die ganze Welt erfaßt, so daß ich mich abschließen möchte vor diesem Narrenhaus — — — (Pause — dann langsam sprechend) und im tiefsten Innern eine schmerzlich=brennende Sehnsucht nach Unerreichtem — — — — ich hasse die Weiber und sehne mich nach einem Wesen, das, in voller Güte mich verstehend, mit kindlich=unberührtem Sinn sich zu mir neigte, mich erhebend aus dem Koth, in dem ich täglich, stündlich zu versinken fürchte — — — (in sich versunken.) Hm! Daß es zuweilen da drinnen anders ist und das Herz aufschluchzt in namenlosem Weh — wen kümmert das? — — — Daß es in tiefgewalt'gem Sehnen oft die Brust zu zerspringen droht und ich mutterseelenallein mit meinem Schmerz dastehe — wen kümmert das? — — (Läßt sich apathisch in den Fauteuil zurücksinken.)

(Pause.)

Sechste Scene.

(Hedwig tritt ein.)

Hedwig (lächelnd.)

So in Dich versunken?

Gerard (auffahrend.)

Wer ist's? — Ah, Hedwig!

Hedwig.

Du bist allein — Uh! der Ernst, heut' an Deinem Tage — so lache doch! Ich will Dir gratuliren — nein! nicht diesen leidenden Blick, Du verdirbst mir die ganze — (hält betroffen inne, hastig.) Du bist krank!? So todt= müde siehst Du aus —

Gerard (zart abwehrend.)

Hedwig.

O, verschweige doch nichts; Du hast ja keine Ahnung, wie das doppelt weh thut.

Gerard (wehmüthig lächelnd.)

Wie gut Du bist — Du kommst mir „Glück wünschen." —

Hedwig.

Alles, Alles — ja wenn ich nur wüßte, was Deine müden Augen wieder aufleuchten ließe —

Gerard.

Hm! „Glück!" — (wie für sich.) Aus solchem Munde, meint man, müßte das Glück wohl kommen.

Hedwig (unbefangen, in kindlich heiterem Ton.)

Würdest Du mir nur den Weg sagen, wo ich's zu suchen habe —

Gerard.

Du bist ja selbst das Glück!

Hedwig.

O, nun machst Du wieder Scherze, nun bin ich schon froh —

Gerard (weich.)

Ich scherze nicht, Hedwig —

Hedwig.

Und da sagst Du: „Ich bin das Glück" — vielleicht bist Du doch etwas leidend — (leicht lächelnd und dabei mit dem Finger nach der Stirne deutend.)

Gerard (ruhig.)

Wie Sonnenschein fluthet es aus Deinen lieben Augen —

Hedwig (unbefangen.)

Das ist nur die Freude, weil Du wieder bei uns bist.

Gerard.

War Dir wohl sehr leid, als ich fort mußte?

Hedwig.

Hm! Mama und ich weinten wochenlang zusammen, und erst die viele Arbeit, die auf Mama liegt, gab ihr wieder Fassung —

Gerard.

Und Du, Hedwig —

Hedwig.

Ich? Na, ich begann die „höhere Töchterschule" zu besuchen.

Gerard.

Und lerntest fleißig?

Hedwig (gedehnt.)

Nu, ja — — es gab doch Aufgaben, und da mußt' ich arbeiten; aber ich fragte mich oft, was ich einst in so engen Wänden mit all' dem hineingepfropften, gelehrten „Kram" anfangen soll, und ich beneidete die Mädchen, die daheim bleiben konnten, fern von all' den Büchern, am Herd, in der Stube — die es ihren Eltern daheim behaglich machen können, und denen solch' gelehrte Bücher nicht den Kopf beschweren — — Du lachst über mich — ja, aber — nun, Du weißt's ja, (auf die Stirne weisend.) da gab's bei mir doch nie viel zu holen. — Damals, gleich als Du weggingst, da hatte Dein Nachfolger schweren Stand; die ganze Schule trauerte um Dich — ach! wie Du all' die herrlichen Dichtungen uns erläutert und in's Herz uns 'neingesprochen hast, daß es neu in uns auflebte —

Gerard (lächelnd abwehrend.)

Hedwig.

Frage doch nur Frieda und Hansi; alle kannst Du fragen.

Gerard.

Ihr habt mich nicht vergessen?

Hedwig.

Ha, ha, ha! Wenn Du wüßtest — die Rebellion die zwei Wochen her, seit Du wieder hier bist! — All' die Mädchen meinen, Du kommst wieder in die Schule — ah! Du weißt gar nicht, wie stolz ich thu', wenn sie mich Deinetwegen fragen; sie wissen doch, daß Du mein Vetter bist —

Gerard.

Ach! Du süßer, kleiner „Aff'!"

Hedwig.

Du darfst 's schon sagen; die Andern — können sich 's denken. — Doch weg mit diesen schmerzlichen, unausgesprochenen Worten, die auf Deinem Antlitz liegen.

Gerard.

Laß mich, Hedwig; Deine süßlieben Worte brennen auf der Seele mir —

Hedwig (unsicher bangend.)
Meine Worte?!

Gerard.
'S ist besser, ich gehe wieder — — — ich kam zurück, weil ich bei Euch die Ruhe zu finden hoffte — — doch! Nein! (Steht auf.) Laß mich Kind — 's besser, ich gehe.

Hedwig.
Du darfst nicht — nein! — Da will ich Mama rufen, daß sie dich drängt zu bleiben.

Gerard.
Hedwig!

Hedwig (kleinmüthig.)
So gar nichts kann Dich bei uns halten —

Gerard.
Was soll ich — ein todtmüder Mann — ein leergebrannter Krater.

Hedwig.
Das versteh' ich zwar nicht, wie Du das meinst — Du „ein leergebrannter Krater"; (lachend — dann ernst.) Aber auf solchem Boden sollen ja die herrlichsten Früchte reifen, der süßeste, berauschendste Wein — ach! und todtmüde?! An Deinem Geburtstage?! Das ist mir immer der feierlichste Tag im ganzen Jahr. — Wie jedes Jahr so Euch Großen mich näher bringt und mir auch Eure Vorrechte gewährt — ach! das ist ein unsägliches Vergnügen! Und Du bist verdrießlich — (naiv) bist Du denn schon so alt? Aber das könnte ja doch nichts ändern — hat doch sogar der Großvater über jedes Jahr, das ihm der Himmel schenkt, neue Freude —

Gerard (lächelnd.)
Hm! Wie Du plauderst, gedankenlos, froh vergnügt, wie ein Vogel.

Hedwig.

Ach! Wenn Dir der Vogel doch all' Deine gute Laune wieder bringen könnte!

Gerard (lächelnd — in ruhigem Ton.)

Fast ist's mir, als käm 's bei Deinen lieben Worten wirklich wie stiller Segen über mich.

Hedwig (froh erregt.)

Ich — ich könnte das —

Gerard.

Als ob ein Märchen mir erblühen würde —

Hedwig (unter Thränen lachend.)

Ich, das arme, blöde Ding — (sich zum lachen zwingend) wenn ich das könnte! Ich, das dumme Schulmädel meinem Herrn Professor — —

Gerard.

Wie Erlösung kommt's über mich —

Hedwig.

O, mach' mich nicht verrückt — nachher lachst ja doch über mich.

Gerard (streckt ihr die Hand entgegen, weich.)

Hedi!

Hedwig.

Ah! Erinnerst Du Dich? So nanntest Du mich als Kind — „Hedi" — da war ich „Deine Hedi".

Gerard (wie in sich gesprochen.)

Und dann ist's anders geworden —

Hedwig (mit unterdrückten Thränen.)

Ja — da wurdest Du mir fremd —

Gerard.

Und könnt' es nicht wieder wie damals werden?

Hedwig
(weich — in kindlicher Ergebenheit ihm entgegen lachend.)

Als ob Du etwas Anderes brauchtest, als zu wollen.
Gerard
(zieht sie leise zu sich auf's Kanapee — mit weichem, glutver=
halten Ton.)

Mein Sonnenschein mußt Du sein — mich mit Deinem hellen Blicke wärmen, wenn es oft bis in's Mark hinein mich fröstelt —
Hedwig (seufzend.)
Wenn ich das könnte!
Gerard.
Folg' immer dem Drange, den unbewußt das Herz Dich weis't — und bringt es auch oft heiße Thränen, das wahrste Glück des Weibes liegt doch nur in seinem Herzen, und dieses Glück ist es, das den Andern Segen bringt.
Hedwig (wie nachsinnend.)
Wie jedes Deiner Worte mich ungekannten Zauber lehrt! — So lauscht' ich Deinen Worten in der Schule — — nur jetzt — ich weiß nicht — als ob ich lachen, als ob ich weinen müßte — verzeih' —
Gerard.
O, gieb mir diesen Segen, und nimm' all' das un= ausgesprochene Leid von meiner Brust!
Hedwig
(die Hände in einander pressend — zu ihm, als ob sie sprechen möchte und die Worte nicht finden könnte.)

— das Wort — das Wort —
Gerard (süß — weich.)
Hedi!
Hedwig.
Lehr' mich das Wort; denn, was ich fühle, erdrückt mich ja —

Gerard
(leicht den Arm um sie schlingend, wollüstig warm.)
Meine Sonne!
Hedwig.
Laß mich! — nein! nein! — mir wird so schrecklich bange —
Gerard.
Hedi! — Du drängst mich von Dir —
Hedwig.
Nein — nein — und doch — bitte! geh!
Gerard.
Thränen?
Hedwig.
Laß mich; sie sind ja so süß; (leise lächelnd) ich habe die Thränen nicht gekannt und dacht' sie mir schmerzlich — und nun lösen sie das Bangen in meiner Brust, die das fremde Glück nicht fassen kann —
Gerard
(Er zieht sie leicht an sich — sie lehnt ihren Kopf an seine Schulter.)
(Pause.)
Hedwig (hauchend.)
Geh jetzt, Liebster —
Gerard
(leidenschaftdurchglüht, mit halbgedämpftem Ton.)
Laß uns die Welt vergessen —
Hedwig.
Ich glaube, die Brust muß mir zerspringen — geh!
Gerard.
Ein armer, weltverirrter Mensch wollt' ich in Deinen

Armen das Glück finden — (aus dem Kurpark herauf hört man wie aus größerer Entfernung die kurze Introduction eines süßen, berückend schönen Walzers.)

Hedwig (verwirrt, aufgeregt.)

Laß mich! (sich aus seinen Armen windend — geht von ihm hastig weg, das Gesicht in die Hände pressend.) — —
(Kleine Pause.)

Gerard
(ihr nachsehend, schmerzbewegt, doch ohne Pathos.)
So schwindet Glück und Sonne!

Hedwig (leidenschaftlich.)

Nein! Nein — O! — (den Kopf mit beiden Händen haltend.) Hab' Erbarmen! (wendet sich ab.)

Gerard
(geht langsam zur Thüre — als er selbe öffnet, wendet sich Hedwig nach ihm; sich selbst vergessend, stürzt sie auf ihn zu und in seine Arme.)

Hedwig.

O—o — (in ein krampfhaftes Schluchzen ausbrechend.)

Gerard
(weich — süß — mit der Hand schmeichelnd über ihre Haare streichend.)

Hedi! — Mein süßes, kleines Mädchen!

Hedwig
(wendet, wie verschämt das verweinte Gesicht von ihm — indeß sie ihre Thränen trocknet, stößt sie ab und zu halberzwungenes Lachen aus der Brust.)

Gerard.

Hörst Du die Musik? — Ob Du Dich wohl noch erinnerst?

Hedwig (nickt bejahend mit dem Kopfe.)

Gerard.
Weißt Du noch — nach Deiner schw... zur Firmung, der erste Spaziergang hier im Park — die M...Seiten — —

Hedwig (mit halber Stimme.)
Du führtest mich am Arm und nanntest mich... kleine Frau —

Gerard (warm.)
Und möchte Dich immer so nennen — ach! es war ja die unendliche Sehnsucht nach Dir, Hedwig, die mich wieder hierher zog.

Hedwig (glückselig verwirrt.)
Nach mir!? — nach mir!?

Gerard.
Du, Du könntest all' das Verlor'ne noch einmal mir wieder bringen —

Hedwig.
O, halt' ein — — — Deine Worte verwirren mich — — was in mir erwacht — in mir glüht — und ich nicht einmal zu denken wage — — halt' ein!

Gerard (sie glühend umarmend.)
Hedi!

Hedwig.
Laß mich! — Du gehörst der Welt —

Gerard.
Und würd' ich auch die ganze Welt verlieren — — Dein, Hedi, bin ich, Dein!

Hedwig.
Du, zu dem alle Welt aufblickt — und ich! (Unter Thränen lachend.)

Gerard
(umschlingt sie inniger und küßt sie leidenschaftlich, indeß sie mit verschämter Herzinnigkeit, fast scheu, die Küsse erwidert.)

Armen das Glück mit kaum verhaltener Sinnlichkeit.)
man wie aus süßen, berückend — *Jrst Du mir — in Deinem Willen liegt*

Hedwig (lächelnd — weich.)
Laß ob ich noch einen anderen Willen wüßte, als Dich glücklich zu sehen!

Gerard
(sie weich nach dem Schlafzimmer drängend — mit gedämpftem, süßen, doch wahnsinnig erregtem Ton.)
Komm'! — Komm'!

Hedwig
(mit verschleierter Stimme — mit unbewußt sinnlichem Ausdruck.)
Wie kindisch ich bin — nun halt ich Dich in Armen, und wie ein befremdend' Bangen liegt's mir in den Gliedern —

Gerard (flüsternd.)
Meine süße Frau —

Hedwig.
Deine Küsse verwirren mich — — ah! sie berauschen

(Er hält sie umschlungen und führt sie langsam in das Schlafzimmer, dessen Thüre offen steht, und die Gerard leise hinter sich schließt.)
(Die Musik spielt noch fort.)

Siebente Scene.

(Noch während der letzten Akkorde tritt Frau Willart ein — apathisch, müde, schrecklich müde in ihrem ganzen Gebahren.)

Willart.
Was wollt' ich doch? — das Frühstück steht auch noch hier — — — ah! doch! Hedwig's Kleid, das sie morgen anziehen will. (Sucht in dem Schrank, nimmt das Kleid, setzt sich vorne an den Tisch zur Arbeit.) Unmöglich!

Das soll nun Alles bis morgen geändert sein und weiter gemacht! Hm! Im Vorjahre noch hatte sie's zur Firmung, und nun engt's und drückt's auf allen Seiten — — (läßt die Arbeit in den Schooß sinken.) Das wächst und blüht und läßt sich nicht halten — — — und über Tag und Stund' wird das „Mädchen" erwachen — und dann ziehen auch auf Deinem Himmel die düsteren Wolken herauf — die schweren, düst'ren Wolken — (in Nachsinnen verloren.) Hätt' mir's ja denken können, ich, die ältere Frau — Hm! Hundert — tausendmal hab' ich mir's vorgesagt — ah! die Vernunft (macht mit der Hand eine wegwerfende Bewegung) — aber immer wieder kam 's, erst schmeichelnd, tröstend, dann drängender und heißbegehrend — und wollt' ich diese übermächtige Leidenschaft bezwingen, da schrie es in meinem Innern auf: „Was dann!?" — (wie blöde lachend.) Ein Sonnenstrahl, meint' ich, ist in's Haus gefallen, als er wieder die Schwelle betrat — — — da drinnen in der Schlafkammer, da kniet' ich dann wieder vor dem Muttergottesbilde und bat um Erlösung — (stiller in sich gesprochen) und wieder kniee ich vor dem Bilde — doch ich habe nichts mehr zu bitten — die alte Gewohnheit nur zieht mich noch hin — 's ist kein Glaube mehr, es ist kein Beten (in Gedanken verloren — dann, wie sich aufraffend, als wollt' sie all' die Gedanken verjagen, mit der Hand über die Stirne streichend.) Ah! (die Arbeit wieder nehmend.) Doch dazu brauche ich ja Hedwig selbst — (steht auf, als wollte sie hinausgehen und Hedwig suchen — sieht auf den Divan Gerard's Hut.) Sein Hut?! — Er ist noch hier? Aber drüben im Klavierzimmer ist doch Niemand — (tritt erregt zur Thüre, ruft hinaus.) Hedwig — Hedwig! (geht hinaus, dann zurückkommend.) Sie sagte doch nichts, daß sie fortgehen will (geht zur Schlafzimmerthüre, will öffnen, unbefangen.) Hedwig! Du hast die Thüre versperrt — Unsinn! Mach' auf! — Keine Antwort? (An der Thüre rüttelnd, mit immer mehr sich steigernder Angst.) Hedwig! Bist Du hier? (geht paar Schritte weg, in den Kleidersäcken wie nach ben Schlüsseln suchend.) Habe ich die Thüre selbst geschlossen?? — Lächerlich! warum denn? — (Geht wieder zur Thüre, erregt.) Ja, ist wer drinnen? (Mit erregter Energie.) Dann öffnet — ich will hinein — (beide Hände an die Brust pressend.) Wie ich erregt bin — (an der Thüre wieder.) Es muß — (im selben Augenblicke öffnet Gerard die Thüre, die er gleich wieder hinter sich zuzieht, und bleibt auf der Schwelle stehen.)

Achte Scene.

Willart
(taumelt paar Schritte zurück, dann starr, wie vom „Schlag" gerührt.)

Du — Sie? (Starren sich gegenseitig an, dann tonlos.) Sie noch hier? — — Aber ich suche ja Hedwig — Hedwig, ist sie auch drinnen? (Will zur Thüre.)

Gerard (unsicher.)
Die Schwelle wirst Du nicht betreten.

Willart.
Was willst Du damit sagen?

Gerard.
Was kümmert Dich jetzt Hedwig!?

Willart.
Wie? -- Wa — (es versagt ihr das Wort.) Herrgott! Du weißt, wo Hedwig ist — das Kind — — und ich — (wie mühsam nach Athem ringend — wie verwirrt nach ihrem Kopfe fühlend.) Die Gedanken, die in meinem Kopfe wirbeln, die scheußlichen Gedanken — Nein! Nein! Nein! — Doch weg! (Ihn von der Thüre reißend.) Hinweg von dieser Schwelle —

Gerard.

Und müßt' ich's mit dem Leben zahlen — — nicht einen Schritt —

Willart (mit gräßlichem Ausdruck.)

Ah! Du weißt, wo mein Kind — und wehrst (mühsam nach Athem ringend) — und wehrst mir den Eintritt — so sprich doch! Was stehst Du da und starrst mich an mit Deiner scheußlichen Fratze — willst Du auch meinem Kinde den Kopf verdrehen — (wie für sich.) Unfaßbar! 's ist ja nicht zu glauben — — — Herrgott! So sprich doch! — — (Geht energischer zur Thüre, als wollte sie in's Schlafzimmer. Gerard sie bei der Hand fassend und energisch zurückführend.)

Willart (die Hand ihm entreißend.)

Rühr' mich nicht an —

Gerard (mit verhaltenem Beben.)

Du bleibst — und wenn ich die Schwelle mit meinem Leben jetzt vertheidigen müßte!

Willart.

Ich verstehe nicht — oder doch! — Der wahnsinnige Gedanke — nein! nein! So sag' doch nein, Du Schuft, sag' nein! — (Gerard wendet sich etwas ab.) Du findest nicht einmal das Wort — (sie tastet mit den Händen um sich, als ob sie fühlen möchte, ob sie lebt.) Bin ich denn ein Narr? — (Erst, als ob sie sich nicht fassen könnte — dann, als der unfaßbare Gedanke sich gräßlicher in das Hirn bohrt, der Gedanke klarer wird, rennt sie zur Schlafzimmerthüre — Gerard vertritt ihr den Weg; sie ringen mit einander.)

Willart.

Und wenn ich Dich erwürgen müßt' — ich will jetzt zu meinem Kind — — — — Wie, auch das willst Du mir wehren? — Ist das Dein Geständniß? — — — (Mit einem markerschütternden, gräßlichen Schrei.) Ah! — —

Schuft! (Außer sich, das Messer, das auf dem Tische, bei dem sie während des Ringens zufällig stehen, liegt, fassend und mehrere Male nach ihm stechend.) Da — da (wie in hellem Wahnsinn in ein Gelächter ausbrechend.) Jetzt betrüge mit Deinen heißen Schwüren ein armes Weib (wie sich halb abwendend, unheimlich, wie im Wahnsinn, in sich hinein kichernd — dann, wie sie an ihrer Hand das Blut sieht und fühlt, hält sie plötzlich inne, sieht nach Gerard, der lautlos zusammengebrochen, beugt sich schnell zu ihm nieder, betastet ihn wieder und wieder.) Toni! (wie in steigender Angst und erwachender Erkenntniß heftig mit sich ringend)) Toni! (Nun bricht sie in lautes Schluchzen aus, und mit den Worten:) Herrgott! Erbarme Dich unser! (bricht sie über der Leiche zusammen.)